句集

白牡丹

阿部寿岳

本阿弥書店

序

句集『白牡丹』は、句集『花吹雪』に続く阿部寿岳氏の第二句集である。先師、倉田紘文先生存命中の平成十四年から平成二十六年の「蕗」誌終刊まで、そして三十一年の初夏までの三〇八句が、「白鳥」から「枯蟷螂」までの七章に収められている。

句集名になっている「白牡丹」には、寿岳氏の並々ならぬ牡丹への思い入れがある。その一端を平成二十年三月号の「蕗」誌のエッセー「牡丹を詠む」から引いてみよう。

ところで私も牡丹の散り姿を句にしたいと思った。白片と化して淡々として散らばっている花片に心を魅かれたからである。ある時、山口青邨に「牡丹散り白磁を割りしごとしづか」の句があることを知った。（中略）しかしである。牡丹の花片を命なき白磁の破片に例えたことで、花片はたちまち命なき一物に転じてしまったのである。あの白いかけらは、物のかけらではなく命のかけらなのだ。ふと「骨片のごと」という言葉が浮かんだ。つづいて「骨片のごとしづか」というフレーズが浮かんだ。

牡丹散り骨片のごとしづかなり

私はこの句を胸を張って発表することにしたのである。骨片の語に万感の思いを籠めているのだ。即ち骨片とは、生きとし生けるものの命の果ての形であり、（中略）白牡丹の花の命の果ての一片に通じるものであると―。

貫禄の蕾いただく牡丹かな

一弁の白の反りたる夕牡丹

白牡丹仏間大きく開け放つ

崩れ初めたるぼうたんの怖ろしき
風吹いて蜂を吐き出す牡丹かな

その思い入れは、次々と佳句を生み人生究極の清閑に通じる。

天地玲瓏たり日輪と白牡丹
白牡丹神韻縹渺としてかなし

で括られる。

また寿岳氏には定点観測的な、平成十六年から十八年までの三冬に亘る白鳥飛来の句が、かつて「蕗」誌に掲載された「白鳥」「白鳥飛来」「幻の白鳥」の三つのエッセーと共にある。

おしのびの如く白鳥来てをりぬ
白鳥に野川は威儀を正しけり
水切りて白鳥の胸進むなり
白鳥来と妻へ携帯電話する
白鳥の活を入れたる山河かな

幻の飛来となった十八年の

川あけて白鳥を待つ天地かな
白鳥の形見となりし石三つ

の二句は句集に収められていないが、その静観に至るまでの時の虚ろは推して知るべしである。

二人居の豆撒きすぐに終りけり

保険証探しまくつて梅雨の家
妻いつも百足第一発見者
子にしたきやうな竹の子貰ひけり
還暦の子等の貫禄ビール飲む
十三夜こころのせいりできました
もつともな妻の小言や秋暑し

ある時は好々爺であり、父であり、そして同じ俳句の趣味を持つ恭子夫人の良き夫である。古武士の風格の寿岳氏の相好がいっとき崩れる時間である。

玉むすぶもののことごとく初日入れ
みたらしの杓の押しやる初氷
かたまりて吹かれてをりぬ余り苗
額縁の父母の年の差法師蟬

送り火やしづかにふゆる星の数

冬蟷螂面壁十日もて果つる

没後とふ見えぬ虚ろの寒さかな

寿岳俳句の根本は格調の高さと、その格調を生む写生の実践である。それは、「玉むすぶものことごとく」に注ぐ眼差しの高さであり、「額縁の父母」に時の無常を知る視点の確かさである。「面壁十日」の蟷螂は「没後とふ見えぬ虚ろ」を凝視する己の命の写生である。

内裏雛帝も紅をさし給ふ

工房を占む春光の姫だるま

花びらに先越されつつ城下る

花人の去りて憾みの像一つ

コスモスの海に出てゆく車椅子

サンチャゴの鐘の余韻やけふの月
秋風や山に還りし姫の墓処

岡城に所縁のある滝廉太郎の最後の作品が「憾《うらみ》」である。故郷を知り人の哀れを知る人は詩人である。

久住嶺を春りんだうと讃へけり
花あせび連山ゆるびなかりけり
神鏡の奥の夏山拝みたる
法師蟬山に泣かれてしまひけり
秋冷や仰臥を正す寝釈迦山

久住山系、阿蘇山系の大景に連なる旧直入郡玉来郷の天地が寿岳氏のまほろばである。

咳く人の隣に掛けてしまひけり
これがまあ米寿の顔か初鏡

俳諧の境地まさにここにありである。
句集『白牡丹』の上梓おめでとうございます。

令和元年六月吉日

俳誌「蕗の里」主宰
阿部正調

句集　白牡丹＊目次

装幀　コスギ・ヤエ

句集

白牡丹

阿部寿岳

白鳥

平成十四年〜十六年

銀輪の少女花菜の風となる

花の鳶あきては湖の上に出る

抛りたる早苗みごとに決まりたり

ははそはの蟬のよく鳴く忌日かな

貼り薬しろき晩夏の厨妻

城下町曲がる辻ごと岩紅葉

コスモスの海に出てゆく車椅子

二人居の豆撒きすぐに終りけり

初午や遠山雪をかがやかす

街道の松へ炎《ほ》が飛ぶ野焼かな

桐の花村に嫁来る噂立つ

福耳の諭吉の像や風薫る

青大将出てくる家老屋敷跡

代参の寺の娘の経涼し

青頸を競ひ伸ばすや水走り

一幹の万蕾ひかる辛夷かな

草萌やあらぬ方から下校の子

家桜入相の鐘聴いてゐる

花におくれ西行の月育ちをり

貫禄の蕾いただく牡丹かな

牡丹の蕾ふくらみきつてゐる
白牡丹この世のものと思はれず

一弁の白の反りたる夕牡丹

露草やまだ濡れてゐる今朝の空

郭公鳴く花公園の昼餉時

道ばたの身を低くして蛇苺

おしのびの如く白鳥来てをりぬ

白鳥に野川は威儀を正しけり

水切りて白鳥の胸進むなり

送り火

平成十七年～十九年

源流の昂る水や猫柳

雄鶏の高足あるき草青む

木々芽ぶく空にせせらぎありにけり

ぜんまいを脚投げ出して採まれをり

白牡丹仏間大きく開け放つ

妻いつも百足虫第一発見者

安達太良の本当の空夕焼す
千木の空かなかなの鈴鳴りつづく

いつどことなく水の輪の水の秋

堰解かれ音ひろびろと水の秋

白鳥来と妻へ携帯電話する

白鳥の活を入れたる山河かな

青竹を副へれば牡丹よろこべり

初牡丹両てのひらに余りけり

若葉風やさしみどりごゆするごと

喝采に高ぶる祇園太鼓かな

道をしへ道草ばかりしてをりぬ

銭葵よりそふ蝶の低く飛ぶ

立ち泳ぎしてくる竹の落葉あり

日輪が大魚の目玉鱗雲

裏口に枯蟷螂の来てをりぬ

鳶二つ初春の紋きらめかす

末黒野といふ美しき起伏かな

花あせび連山ゆるびなかりけり

享保雛享保の紅をとどめをり

内裏雛帝も紅をさし給ふ

大空へ囀る胸をかがやかす
花びらに先越されつつ城下る

初蛙村に動きのなかりけり

崩れ初めたるぼうたんの怖ろしき

神殿の水の中めく立夏かな

かたまりて吹かれてをりぬ余り苗

鳴きあきてニイニイ蟬の移りたり

送り火やしづかにふゆる星の数

秋燕の心昂る高さあり

西の丸御殿の跡の返り花

十三夜

平成二十年〜二十二年

獅子舞の門に舞ひ込む三日かな

白梅のほころぶ空の青々と

かく並び給ふ月日や享保雛

心正して満開の花に寄る

嬰を抱く母のあくびや豆の花

風吹いて蜂を吐き出す牡丹かな

睡蓮の花の風くる太鼓橋

花虻の入りてかたむく花擬宝珠

四阿に座せば瀧風通りけり

鬼やんま石の話を聴いてゐる

茎つかむ形のままに蟋蟀枯る

小春日の満月妻を驚かす

御霊屋の龍吟池や冬ざるる

花よりも連翹の鞭つややかに

牡丹の花より花の間澄み

堰落つる水の昂る立夏かな

毛虫急く光の丈を波うたせ

石亀の首の抜けさう梅雨晴間

とめどなしポンポンダリアの笑ひ癖

墓洗ふ遠くなりたることばかり

毬栗の空の青さに揺れ止まず

ひぐらしを鎮め一番星の出づ

うつくしく死にてをるなり秋の蟬

谺して村に人なし威銃

十三夜こころのせいりできました

水澄みて野のものの紅を深めけり

毀誉褒貶どこ吹く風や榠樝の実

暾《ひ》をのせて金色いよよ金鳳華

みつむれば満天星の鈴みなゆれて
貌覆ひ泣いてる雨の牡丹かな

子にしたきやうな竹の子貰ひけり

庭に時すごす非番の道をしへ

花棟ふと母恋し姉恋し

青炎といふべし栗の花盛り

一弁も欠かぬ百日草の意地
背をすべる髪うつくしき盆の僧

子も帰る燕となりて並びけり

夕されば鶏頭翳を深めたる

寝釈迦山

平成二十三年〜二十五年

下萌や兎の眼より赫きもの

春めくやうすむらさきの寝釈迦山

ちらばりて眩しかりけり犬ふぐり

鷭の子溺れさうなる四つ五つ

緑さす空ひろびろと寝釈迦山

水田辺の佳人の如し立葵

七ツ森古墳の闇や曼珠沙華

水の輪のたえず生まれて沼小春

落葉ふむ林の空の青さかな

戻れば春待つこころ翳りけり

 寝釈迦山

花愕雲より蝶の生まれ出づ

日を得たるとき金色の柿若葉

その色に滲める翳や蛇苺

鈴の緒の棒のごとしや梅雨の宮

さみだるる空ずりおちてしまひけり
浮くごとに孑孑おのれ使ひきる

大の字に寝て新涼の青畳

色鳥の胸のふつくらしてをりし

大流木居座るままの稲田かな

木犀や兵を送りし社寂ぶ

サンチャゴの鐘の余韻やけふの月

林檎かとみまがふばかり椿の実

四つ角に来て木犀の香に迷ふ

舞ひ上がり隣の石へ石叩き

冬晴や父懐かしき雑木山

黒々と鱏の如くに冬の祖《そ》母《ぼ》山

草の戸の飾りに及ぶ初日かな

春雨や傘立占むる女傘

試歩の妻庭をめぐるや牡丹の芽

芍薬の笑めるは泉わくごとし

葉桜の泪のごとき花二つ
青びかりしたる五月の鴉たち

餌をまくや百花繚乱初夏の鯉
第一は五月の天と仰ぎたり

花合歓や星のふえゆく森の上

向日葵の海の彼方に阿蘇五岳

虻入ればば紫くもる花擬宝珠

譲り合うて紫陽花の毬あふれをり

 寝釈迦山

あした咲くぶつきら棒の紅蜀葵

神鏡の奥の夏山拝みたる

招霊木《おがたま》の年経し幹や苔の花

紅葉池真鯉のぬつと現れぬ

昼の虫鳴いて孤愁の深まれり

ひぐらしや山に還りし父母の墓処

一村の輝く如し柿の秋

式台の菊の懸崖づくりかな

朝夕に親しくなりぬ木守柿

寒の雨杉山ばかり村暗し

山恋しからむに庭の藪柑子

ストーブや話はやがて猟自慢

初句会

平成二十六年〜二十七年

しもた屋の四人ですなる初句会

ライバルの顔そろひたる初句会

一言で一気に和む初句会

初披講威儀を正して始めらる

連衆に茶席賜はる初句会

猫柳こころやさしくなつてゆく

咲き満ちて寂しかりけり巴旦杏

山朱萸の山家の雨となりにけり

花蘇枋停車のながき鄙の駅

蒼天下春りんだうの星座かな

工房を占む春光の姫だるま
むらがりて咲いても寂し著莪の花

還暦の子等の貫禄ビール飲む

盆僧の水もしたたる男ぶり

粧ひて雲照り返す寝釈迦山

野紺菊全天に雲なかりけり

音秘めて時鐘百年年暮るる

しみじみと命惜しかり冬もみぢ

裸木のその静けさにうたれたり

みたらしの杓の押しやる初氷

校塔の風三月の曲流す

花辛夷連山雪を新たにす

日と月を浮かべて万のチューリップ

春の空水の地球を包みたり

永き日や吹いては回す風車

春暁や清少納言の雲出でて

久住嶺を春りんだうと讃へけり

河鹿笛先生遠くなるばかり

毛虫いま懸命に道よぎりをり

捨て墓の背は皆低し木下闇

茅花流し水田の波のとどまらず

牛方の泥足ならぶ三尺寝

茶の葉蒸すをなご先生はるかなり

夕蛍母を呼びたる記憶なく

蛍火や少年いつか一人なる

ほうたるや里もうからも茫々と

額縁の父母の年の差法師蟬

威銃律儀に鳴りて村は過疎

秋天や一峰殊に尖りをり

地獄谷湯音さびれて秋深し

秋冷や仰臥を正す寝釈迦山

秋風や山に還りし姫の墓処

露けしや金泥くらき御位牌
初霜をもてサルビアの別れかな

代替りしたる顔あり報恩講

四五人のグランドゴルフ日脚伸ぶ

短日やかぎつ子鍵を開けて入る
きつぱりと裸木声を捨てにけり

自足とふことは大事や寒雀

法師蟬

平成二十八年〜二十九年

句を作ることもて仕事始めとす

心ゆるみゆく早春の空のいろ

啓蟄やあちこち見こち見の卒寿翁

啓蟄ややまんば里にあらはるる

藤の花昼月溶けてしまひさう
朝もやにひろがる花の岡城址

百千鳥朝の城址を歩きけり

まはらうかまはるまいかと風ぐるま

鬼瓦降りて庭番蝶の昼

分校の校庭まろし百千鳥

花人の去りて憾みの像一つ

柞《ははそ》風《かぜ》七色見するみどりの日

単車蹴る真つ赤なシャツや夏来たる

万緑や一顧だにせず水奔る

名水の噴く音見えて夏料理

百選の水湧くところ夏料理

地祇狂れ給へるままに阿蘇は夏

余震しふねし卯の花腐しも又

昼顔や腰掛石のありどころ

炎天が哭くしんしんと柩車発つ

狛犬の阿吽の辺り苔の花

羅や仏間に揃ふ女どち

落蟬をさはればジジと飛び立てり

天空の城主の墓に詣でけり

秋ぼたる母にまみゆることもがな

もっともな妻の小言や秋暑し

用作の空に又湧く渡り鳥

秋の日の甘藍の海澎湃と

賜はりし元校長の大西瓜

男池散策釣舟草にはじまりぬ

黒岳荘の朴の落葉を土産とす

激つ瀬の石から石へ石たたき

嬉々として走る枯葉に惹かれたる
咳く人の隣に掛けてしまひけり

太白の月より燦と六日かな

立春や篠竹切りて帰り来る

巴旦杏の花しんしんと人死ぬる

書淫の眼あぐれば水輪春しぐれ

犬ふぐり欲といふものなかりけり

やはらかく澄む晩春の天地かな

うつくしき水の地球の五月くる

牛小屋のどこもからつぽ青あらし

梅雨あがるぶつきら棒に雀翔ぶ

蝶いろいろ百日草の百の日々

暮れてゆく教室金魚ひるがへり

枇杷啜る種の武骨を愛しつつ

紫蘭咲く影にむらさき滲ませて
声かけて父洗ひけり母の墓

紅いろの冴ゆる九月のさるすべり

秋蟬の果つ天空に声を置き

法師蟬山に泣かれてしまひけり

舞はないと寂しいのです秋の蝶

八千草や星ふる館といふところ

秋霖や家の内よりはや暮れて

萩すすき影うつくしき寝釈迦山

冷まじや石になりゆく磨崖仏

千年の仏の祈り秋深し

没後とふ見えぬ虚ろの寒さかな

箸先の骨からからとこぼれ冬

身に余る大晦日の日和なり

デスマスクめく大寒の寝釈迦山

枯蟷螂

平成三十年〜三十一年初夏

玉むすぶものごとごとく初日入れ

家中が獅子に噛まるる三日かな

人日や西郷伝を読みひたる

コンビニに品よき猫や春浅し

いぬふぐり天真爛漫ふむまじく
静かさや枯木を濡らす春の雨

下萌や水車覚えし止まりぐせ
春色の大天蓋となりにけり

春光の斑のうつくしき竹の幹

月の曲月より流れ城おぼろ

耳に棲む母の一語よ春の星

お旅所の松の緑の挙り立ち

蒲公英の輪光天に勝りけり

眼に溢るる合掌の影あたたかし

老鶯しばし鳴く坊守様の門徒葬

翼ごきごき接近梅雨の大鴉

保険証探しまくつて梅雨の家

小さき窓の日々偲ばるるゆけむり忌

ゆけむり忌＝倉田紘文先生の忌日

からだ干す蛇に腑抜けが遁走し

塩茶旨し三十年ぶりの猛暑

虫干しや匂ひの中に座りこむ

風入るる愛染明王堂昏し

妻語る同じ話や夜の秋

天上のいよいよ青し竹の春

待宵の飛白の雲の間かな

曼珠沙華萌黄田いよよ澄み渡り

粧ひてまこと尊し寝釈迦山

冬晴や地平静かに寝釈迦山

冬夕焼吾を呼ぶ母のとこしなへ

寒禽の母港のごとし枯木山

晩菊の繚乱の時来たりけり
花に棲む枯蟷螂の日数かな

壁に来し枯蟷螂の覚悟かな

枯蟷螂いのちの果ての影をひく

冬蟷螂面壁十日もて果つる

風花や露店の鯛焼よく売れて

洞を抱く神樹落葉の中に立つ

墓石にも冬といふものありにけり

水仙やひかりこぼるる巫女の舞

茎立や人も蕪も疎まるる

これがまあ米寿の顔か初鏡

菜の花や子どもの頃の村が好き

わが宿の朝の浄土や百千鳥

天地玲瓏たり日輪と白牡丹

白牡丹神韻縹渺としてかなし

あとがき

第一句集『花吹雪』は古稀を期して平成十四年に刊行したが、以後俳歴を重ねるのみでうかうかと米寿を迎えてしまった。人生の先が見えた今、この世の名残りの証に第二句集『白牡丹』の出版を決断した。

内容は平成十四年以降の句の中から三〇八句を選んだ。ただ、先師倉田紘文先生が俳誌「蕗」に掲げ続けられた「自然を大切にする」「写生を重んずる」を念頭に句作を続けたものである。勿論師風を仰ぎつつも自分の感性を信じ、自分らしい句を、と心がけたが大変むつかしいことであった。しかし歩み続けた道は間違いではなかったという自負はある。

紘文先生の没後、後継誌として阿部正調先生が「風土性を重んずる」「詩情を大切にする」を理念に、俳誌「蕗の里」を立ちあげられた。私もその創刊を大いに喜び、傘下に加えてもらい句作を続けている。

句集名「白牡丹」は庭に咲き続ける牡丹から採った。年々見せてくれる白牡丹の美しさと造化の神秘に魅了されてのことである。

話は変わるが、第一句集『花吹雪』の章扉に妻の四季の油絵を入れたが、妻も高齢となり絵筆を断ち、大正琴も手離した。さればと俳句づくりをすすめた。もともと文芸には余り関心を示さなかった妻が俳句の本を読み、句づくりに精を出すようになったこと、そして何かと俳句を共通話題に出来る様になったことは何よりであった。

また、長年にわたって一緒に俳句づくりに頑張って来てくれた朝地句会、かぼす句会、ことぶき句会の仲間の皆さんには深く感謝している。

最後になったが今回の句集の発刊にあたり、ご多忙の中、心温まる序文を書いて下さった「蕗の里」主宰阿部正調先生に厚くお礼申し上げたい。また、出版について種々お世話を下さった本阿弥書店の「俳壇」編集長安田まどか様及び山崎春蘭様に深く感謝申し上げたい。

句集『白牡丹』を、慈愛あふるる御指導を賜った倉田紘文先生に捧げる次第である。

令和元年六月吉日

阿部寿岳

著者略歴

阿部寿岳（あべ　じゅがく）　本名＝壽親

昭和６年　大分県竹田市に生まれる
昭和28年　教職に就く
昭和51年　教育委員会出向
昭和61年　教育現場に復帰
平成元年　「蕗」入会
平成４年　定年退職、紘文教室入級
平成５年　大分県俳句連盟会員となる
平成24年　大分県俳句連盟副会長
平成26年　大分県俳句連盟会長代行
平成27年　大分県俳句連盟会長、「蕗の里」入会

著書　『子育て―校長室からの発信―』（近代文芸社）
　　　句集『花吹雪』（本阿弥書店）

現住所　〒878-0024　大分県竹田市大字玉来1158
電話・FAX　0974-62-2612

句集　白牡丹《はくぼたん》

2019年９月26日　発行

定　価：本体2800円（税別）

著　者　阿部　寿岳

発行者　奥田　洋子

発行所　本阿弥《ほんあみ》書店

東京都千代田区神田猿楽町2-1-8　三恵ビル　〒101-0064

電話　03(3294)7068(代)　振替　00100-5-164430

印　刷　熊谷印刷＋宣広社印刷

製　本　ブロケード

ISBN978-4-7768-1438-2（3154）　Printed in Japan